《百家字谜》编辑委员会

主 编：苏剑

编 委：武骝、蔡芳、黄全来、熊辉、苏颖、顾斌、王刚

● 学生灯谜读物 ●
百家字谜·第一辑

郑百川
字谜300

郑百川／著

中州古籍出版社
·郑州·

图书在版编目（CIP）数据

郑百川字谜 300 / 郑百川著. — 郑州：中州古籍出版社，2021.3

（百家字谜. 第一辑）

ISBN 978-7-5348-9549-4

Ⅰ.①郑…　Ⅱ.①郑…　Ⅲ.①谜语—汇编—中国　Ⅳ.①I277.8

中国版本图书馆 CIP 数据核字 (2021) 第 015700 号

出 版 社：	中州古籍出版社
	（地址：河南省郑州市郑东新区祥盛街27号6层
	邮政编码：450016）
发行单位：	新华书店
承印单位：	陕西隆昌印刷有限公司
开　　本：	889mm×1194mm　　1/48
总 印 张：	28
总 字 数：	600千字
版　　次：	2021年3月第1版
印　　次：	2021年3月第1次印刷

总定价：120.00元（全套10册）

本书如有印装质量问题，由承印厂负责调换

作者简介

郑百川,原名郑少波,笔名关耳、于鄢。1939年生,广东潮阳人,客居潮州市潮安区,大学文化,牙科医生。中国民主促进会会员,现任中华灯谜学术委员会首席顾问。1972年学谜,至今创作灯谜近2万则、有关谜艺文章数十篇。先后参加过庐州谜会、漳州谜会、北京花乡谜会、上海东方谜王赛、南京新世纪谜会、绥德谜会、顺德谜会、首届中华灯谜文化节等谜会。多次担任谜会评委,为谜赛拟题。多次到潮汕高校作灯谜讲座。先后参与创建潮州市灯谜协会、广东省灯谜学会、中国民协中华灯谜学术委员会。先后任中华谜委会副会长兼学术部部长、主任、名誉主任。主持了"柯国臻谜艺研讨"等活动。个人出版过《潮语薮》《百川谜薮》等。与人合编出版有《中华谜典》《灯谜大百科全书》《开启谜宫的钥匙》《郑百川灯谜选注》等。曾获"沈志谦文虎奖""中华十佳灯谜工作者"等称号。2012年被广东省文联授予"广东省民间文化技艺大师"称号。2014年中华灯谜学术委员会授予其"金虎奖·终身成就奖"。

序 言

苏 剑

汉字是中国文化标志性的符号,是记录汉语语言的文字,距今已有六千年左右的历史。汉字集音、形、义于一体,以其独特的美感和魅力卓立于世界各民族文字之林。古往今来,人们融合运用汉字音、形、义的灵性和特质,以特殊的思维方式诠释汉字、演绎汉字,创造出灯谜这种独特的中华民族传统文化形式。

灯谜题材包罗万象,无所不及,而所有灯谜都含有字谜的元素,可以说都是构建在字谜基础之上的。字谜在灯谜的"大家族"中虽形微体小,却是人们公认的"万谜之源"。字谜是最简易的灯谜,也是最灵活的灯谜要素,是学习猜制灯谜的基础。兹长安文虎社编纂出版《百家字谜》丛书,也是为发扬传承中华传统优秀文化而做的一件大有裨益的普及性事情。

20世纪80年代以来,是灯谜创作最为

活跃的时期,字谜创作也空前繁荣,尤其是字谜创作的手法有了开拓性的发展,表现形式更加多姿多彩,字谜作品数量亦蔚为大观。《百家字谜》丛书第一辑就是这个时期字谜艺术的结晶,是世纪之交海内外字谜创作的缩影,基本上代表了当代字谜创作的领先水平,反映出当代字谜创作的整体概貌。

《百家字谜》丛书是系统介绍当代灯谜名家字谜精品的系列丛书,"百家"入选者均为当代在字谜创作方面有突出成就或字谜艺术精湛的谜家。《百家字谜》丛书第一辑,共选编了10位谜家的字谜作品,可谓"臻臻至至,洋洋洒洒"。首批入选的10位谜家中,有已故灯谜泰斗柯国臻、字谜专家黄穆灿、台湾名宿吴学平,有德艺双馨的老一辈著名谜家郑百川、汪寿林,有承前启后的灯谜名家武骝、蔡芳等,也有近几年在字谜创作方面成绩显著的苏剑、章镳、熊辉等人。他们的字谜作品自成风格,各具特色,或古朴典雅,或清新自然,或白描写意,或灵巧奇趣,呈现出"百花齐放"的字谜艺术图景。

翻开《百家字谜》丛书,弘扬主旋律、突出正能量的灯谜作品俯拾皆是。例如:"织杼半融读书声（字）纾""教育后辈当尽孝（字）辙""寸土不丢保村庄（字）床""异地犹存故国心（字）域"以及"点滴改革见成果（字）单""和田名品，中国声誉（字）玉"，还有"四风之中奢为先（字）爽""为政不为民，民弃速罢之（字）整""奉献点点滴滴，赢得无上荣光（字）桃"等；再如："半掩浣花子美居（字）蒲""阳春晚景四方同，泊堤鹊影处处见（字）日"，等等。这些大手笔表现出了多样化的字谜之美。这些汉字和字谜的完美结合，让人感受到其无穷的艺术魅力。细细品读，在字形上能引起人们美妙而大胆的联想；在字音上能激发人们的兴趣，引起人们的共鸣；在字义上能增强或激发人们热爱中华民族文化的情感。汉字是字谜之源，字谜为汉字平添了新的文化内涵，丰富了汉字的艺术空间。

《百家字谜》丛书定位为普及型读物，可作为开展校园灯谜活动的读本，供中小学生和青少年爱好者学习猜制字谜借鉴之用。这套丛书，每个单行本由"作品精选"与"作品赏析"两部分组成。"作品精选"部分，选谜难易兼顾，雅俗共赏，每条谜都作了简注、解析，适合中小学生无障碍阅读。"作品赏析"部分，选取20—30条字谜代表作，邀请名家撰写评析短文，解读精华，激活亮点，启迪创作思路，有助于字谜猜制的普及和提高。

吾爱谜数年，又喜字谜创作，此次跻身其中，汗颜不已，自当是近距离学习前辈灯谜艺术造诣的绝佳良机，不敢懈怠。惟愿方家和读者打开《百家字谜》丛书这扇览胜之窗，尽情欣赏一窗美景、四面青山。纷呈的字谜精品，炼意传神，曲尽其妙，让你应接不暇；精妙的字谜赏析，酣畅淋漓，旨趣所归，让你品味称奇。步入这方园地，受各种典型谜法的浸濡熏陶，会让你起点更高、起步更实、起飞更快。《百家字谜》，带你跨进奇异的灯谜世界。

是为序。

2019年5月于西安白桦林居

目　录

作品精选

少笔画字 ………………………………… 003
5 画字 …………………………………… 004
6 画字 …………………………………… 007
7 画字 …………………………………… 010
8 画字 …………………………………… 017
9 画字 …………………………………… 026
10 画字 ………………………………… 034
11 画字 ………………………………… 041
12 画字 ………………………………… 050
13 画字 ………………………………… 060
14 画字 ………………………………… 063
15 画字 ………………………………… 066
多笔画字 ………………………………… 068

作品赏析

并肋重耳应有功（5画字）左	……顾为善/评析	077
"谈锋一触便纵横"（5画字）讦	…王东雄/评析	078
千载浮云一望收（6画字）丢	……王东雄/评析	079
燕子敛翎近画帘（6画字）灯	……王东雄/评析	080
小舟卧伴鸥眠（6画字）迄	……刘　旭/评析	081
十载翻身业（7画字）赤	…………郑长彦/评析	082
千古牵连一笔勾（7画字）乱	……吴仁泰/评析	083
江湖自古多波澜（7画字）肛	……王东雄/评析	084
墙头马上一丝牵（7画字）纽	……王东雄/评析	085
千古牵连一笔勾（7画字）乱	……马啸天/评析	086
寸土不丢保村庄（7画字）床	……赵首成/评析	087
寸土不丢保村庄（7画字）床	……张礼鹤/评析	087
刹那风中坠几多（8画字）刹	……王东雄/评析	088
勾栏已绝王者香（8画字）构	……王东雄/评析	089
台湾出口蝴蝶画（8画字）泓	……赵首成/评析	090
台湾出口蝴蝶画（8画字）泓	……叶国泉/评析	091
台湾出口蝴蝶画（8画字）泓	……杨耀学/评析	092
仅留残雪压长桥（9画字）侵	……莫志刚/评析	093
远山新月月如钩（9画字）胤	……吴仁泰/评析	094
坦腹东床人小卧（9画字）玲	……王东雄/评析	095

谜面	谜底	评析者	页码
湖月渐消一抹斜（9画字）	活	莫志刚／评析	096
倒挽干戈安一方（9画字）	哉	王东雄／评析	097
六桥如画艳阳里（10画字）	冥	吴仁泰／评析	098
一登画舫两窗开（10画字）	逦	陈 斌／评析	099
高天霜色对鸟号（12画字）	弼	陈 斌／评析	100
黄云初起日沉鸟（13画字）	鹊	吴融杭／评析	101
六桥如画隔远芳（13画字）	蒡	赵首成／评析	102
石田叠叠水沿回（13画字）	瘤	王幼堂／评析	103
霜禽欲下先偷眼（14画字）	歇	蔡经湘／评析	104
方知不负袁随园（多笔画字）	整	杨耀学／评析	105
吟哦咏叹此楼前（多笔画字）	躁	沈玉泉／评析	106
趁明携盅酒，消遣水月中（多笔画繁体字）	醖	王东雄／评析	108

后　记 …………………………………………… 109

作品精选

少笔画字

重到川中去（少笔画字） 亓

注："重 chóng"（重复）为"二"，"川"之中的一竖"丨"去掉，还存"丌"，与"二"合成谜底"亓"字。

"阳春已三日"（少笔画字） 队

注：面为戴叔伦诗句。已，有止之义；"阳春"二字中去掉"三"与两个"日"，剩下的"阝"与"人"组成"队"字。

夙夜一别又相逢（少笔画字） 凤

注："夙"字中别去"一"与"夕"（夜），与"又"字组成谜底"凤"字。

斜月孤星伴归舟（少笔画字） 丹

注：谜用面为底叫入之法。将"斜月"象形为"丿"，"孤星"象形为"丶"。谜底的"丹"字与"丿""丶"相伴即成"舟"字。

湘水无潮秋水阔（少笔画字）　　　　　　木
注：谜用纯拆之法。在"湘"字中无（去掉）
　　"潮水"（氵）与"秋水"（目），剩下
　　的就是谜底"木"字。阔，有离别、远
　　离之意。

5画字

曾伴山僧来（5画字）　　　　　　　　　仙
注：谜用面为底叫入之法。谜底"仙"字，
　　有"曾"伴入，可成"山僧"二字。

人间阳乌没（5画字）　　　　　　　　　们
注：古传说日中有乌鸟，称阳乌，故以"阳
　　乌"扣"日"。"日"从"人间"中没
　　去，"人"变为"亻"，合而为"们"字。

"残滴尚悬枝"（5画字）　　　　　　　　术
注：面为虞世南诗句。"残滴"扣出一点
　　"丶"，"枝"为"木"，合为谜底"术"字。

所诉自不忘（5画字）　　　　　　　　记
注：诉者"言"（讠）也，"自"为"己"也，
　　"讠、己"合为"记"。记，不忘也，
　　合字提义。

不足一丈见方（5画字）　　　　　　　史
注："丈"字去"一"存"乂"，见到"方形"
　　（口）即成谜底"史"字。

斜雨跳珠尽飞空（5画字）　　　　　　布
注：斜以"丿"形扣，"雨"字之中跳尽珠状之
　　四点成"币"，组合成谜底"布"字。

旭日已落殿西头（5画字）　　　　　　尻
注："旭"字落掉"日"存"九"，"殿"字西
　　部头顶为"尸"，合为谜底"尻"字。

勤劳方正好家声（5画字）　　　　　　加
注："勤劳"俗谓之"力"；"方正"之形为"口"；
　　"家"声同"加"，提示谜底读音为jiā。

倚松扶杖得休闲（5画字）　　　　　　　们

注："倚""扶"皆动词，作抱衬词用；"松"与"杖"皆木质，扣出两个"木"；合底"们"，得到"休闲"二字。

骈肋重耳应有功（5画字）　　　　　　　左

注：谜用面为底叫入之法，虚悬重耳典实。"骈"谓"并"，谓底"左"字与"肋"重合可得"有功"二字。

"新月初挂远山角"（5画字）　　　　　　弘

注：面为陈毅诗句。《韵对屑玉》："新月如弓。""远山"象形"厶"。"弓"与"厶"合起来组成谜底"弘"字。

"谈锋一触便纵横"（5画字）　　　　　　讦

注：面出丁福保编辑的《清诗话》。"谈锋"为"言"（讠），"一"直接明用，"纵横"为"丨""一"组成的"十"字。几个部件合起来得到谜底"讦"字。

6画字

国际单位（6画字） 因

注：际，边也，"国"之际为"囗"；"单位"
别解为"单独一位"，扣出"一人"。
合之成谜底"因"字。

鸥鸟不亲人（6画字） 伛

注：海上有人狎鸥而游，一日生机心，鸥鸟飞而
不下。谜用"鸥"叫出"鸟"剩下"区"，
添入"人"（亻）而成谜底"伛"字。

破岩叠岛矶（6画字） 凫

注：谜用损合之法。"岛矶"之中二字损其
"岩"，叠成谜底"凫"字。

后任不及前（6画字） 廷

注："任"字之后为"壬"，"及"字不要
（去掉）前面的部分（丿）存"又"。
"壬""又"组成谜底"廷"字。

花草不解语（6画字） 讹

注："花"字去掉草部存"化"；语，"言"（讠）也，合成谜底"讹"字。

分时天将旦（6画字） 夺

注：从"时天"二字中分去"旦"字，剩下的部分组合成谜底"夺"字。

生无一字私（6画字） 牟

注："生"无"一"成"牛"，"私"之古文为"厶"，组合成谜底"牟"字。

"残月下章台"（6画字） 舌

注：谜面为韦庄诗句。"残月"象形"丿"，"章"与"台"字的下部为"十口"，全部组合起来，即为谜底"舌"字。

千载浮云一望收（6画字） 丢

注："云"上去"一"，加载上"千"即为谜底"丢"字。

燕子敛翎近画帘（6画字）　　　　　灯

注：谜用象形法。"燕子敛翎"象形"火"；
　　诗有"亚字栏杆丁字帘"之说，所以
　　"画帘"象形为"丁"。二者合之成谜
　　底"灯"字。

小舟人卧伴鸥眠（6画字）　　　　　迄

注：谜用象形法。"小舟"为"辶"，"鸥眠"
　　像"乙"，"人卧"为"𠂉"，组合成谜
　　底"迄"字。

危急关头聚者众（6画字）　　　　　多

注：谜用字部方位聚合之法。"危、急、关"
　　三个字的头部为"ク、ク、丷"，合成
　　"多"字。"众"字提义。

日中孤帆人间去（6画字）　　　　　吊

注：孤为"一"，人间为"凡"，"日"去
　　"一"剩"口"，"帆"去"凡"存"巾"。
　　"口、巾"组合成为谜底"吊"字。

大庾岭上暮天低（6画字）　　　　　　岁
注：谜用纯会意法。"大庾岭"为"山"，"暮天"为"夕"；"山"居上，"夕"在低而成谜底"岁"字。

"忽如一夜春风来"（6画字）　　　　　列
注：谜面为岑参诗句。"一"直接明用，"夜"为"夕"，"春风"如刀扣出"刂"。合之成谜底"列"字。

纵横点点一勾斜（6画字）　　　　　　协
注：纵横"丨一"组成"十"，加二点"、、"与一勾"乛"一斜"丿"，组成谜底"协"字。

7画字

又生一计（7画字）　　　　　　　　　译
注：谜用字形审辨之法。谜底"译"字之形可看作"又"字生于"一计"二字之间。

容貌欠端方（7画字） 灾

注：审辨"容"字之状，缺（欠）一个四方
　　形的"口"字之后，变化得到谜底"灾"
　　字。

荷叶包初舒（7画字） 甸

注：古诗有"荷叶何田田"之句，故以
　　"田"字象形"荷叶"；"包"字之初部
　　为"勹"，舒开含"田"字而得到谜底
　　"甸"字。

无事倚柴扉（7画字） 闲

注："柴"者"木"也，"扉"者"门"也，
　　合成谜底"闲"字；前面用"无事"提
　　"闲"字之义。

水涸蒲草枯（7画字） 甫

注：面上自我抵消之法。"蒲"字涸去"水"
　　（氵）枯去"草"（艹）即可得到谜底
　　"甫"字。

高空排雁行（7画字） 灾
注："空"字的高部为"穴","雁行"象形
　　为"人"字，组合得到谜底"灾"字。

十载翻身业（7画字） 赤
注：谜用形似之法。"十"字载于似翻转的
　　"业"字之上，得到谜底"赤"字。

一生零落散如飞（7画字） 忾
注："生"字落去"一"再散开，可得到"丿
　　一丨"三个字素，"飞"字散开得到"、
　　、乙"，合之成谜底"忾"字。

横江浊浪欲排空（7画字） 杠
注：浊浪，泛黄之水。从"横江"中排去
　　"黄、水（氵）"，得到谜底"杠"字。

绝色已无少时容（7画字） 纱
注："绝"字无"色"部，容纳一"少"字，
　　成为谜底"纱"字。

雄心虚心还宽心（7画字） 花

注："雄"字之心为"亻"，"虚"字之心为"七"，"宽"字之心为"艹"，合之得到谜底"花"字。

天上双星落树梢（7画字） 来

注："天上"为"一"，"双星"为"、、"，"树梢"为"木"，合成谜底"来"字。

几时夏去秋来（7画字） 秃

注："几"部明用；夏在五行中属"火"，"火"从"秋"字中去掉存"禾"。合之成谜底"秃"字。

墙头马上一丝牵（7画字） 纽

注：面借墙头女观过路的马上男子而生情愫的戏剧故事以构面，猜字与故事无关。"墙头"为"土"，"马上"为"⺈"，合为"丑"，加绞丝旁"纟"相牵连，得到谜底"纽"字。

"树挂残云成片白"（7画字）　　　　　私
注："树"扣合出"木"，残云为"厶"，"片白"只取"丿"，合成谜底"私"字。

千古牵连一笔勾（7画字）　　　　　乱
注："千古"二字一笔连而成"舌"，"勾"取其形为"乚"，组合出谜底"乱"字。

家父创业建厂中（7画字）　　　　　严
注："业"字置于"厂"之中成"严"字。"家父"提义。

芳心几度落泥洼（7画字）　　　　　坑
注："芳"字之心为"亠"，"几"明用，"泥"为"土"，合而成"坑"。"坑"字之义近"洼"也。

寸土不丢保村庄（7画字）　　　　　床
注："床"字如果有"寸土"，可成"村庄"二字，反因为果也。

江湖自古多波澜（7画字）　　　　　　　肛

注："波澜"企二水部"氵"，谜底"肛"
　　字有了"古"与"氵"即成"江湖"
　　二字。面为底叫入也。

双方无妨并房住（7画字）　　　　　　　妒

注："妨"与"房"二字如无"双方"（两个
　　"方"字）剩下"女"和"户"，合并
　　即为谜底"妒"字。

芬香万点花初着（7画字）　　　　　　　芳

注："万"字加一点"丶"为"方"，再加
　　"花"之初"艹"部为"芳"。"芬香"
　　二字提"芳"字之义。

"雨后觅春无一寸"（7画字）　　　　　　时

注：谜用企拆之法。"雨后"为"晴"，"晴"
　　无"春"（五季与五色相对应，春＝青
　　色）存"日"，"寸"字明用，组合得到
　　谜底"时"字。

帘上一勾如镰斜（7画字）　　　　　　　究

注："帘"字之上为"穴"，"一勾如镰"象形"乙"，斜为"丿"，合之得谜底"究"字。

风中有月落帆头（7画字）　　　　　　　希

注："风"字中为"乂"，"有"字落"月"为"ナ"，再加上"帆头"的"巾"，得到谜底"希"字。

双人拦网得一分（7画字）　　　　　　　两

注："双人"者"人人"也，"网"象形排球网圈"冂"。"两"这个字欲得双人拦网之状，得分去"一"。

前头唢呐呕哑吹（7画字）　　　　　　　吾

注："唢呐呕哑吹"五字之前头皆为"口"，"吾"字"五口"也。

他连这一男一女也不要（7画字）　　　　何

注：谜既增又损。古代户籍，男称"丁"，女

称"口"。"他"增入"丁口（可）"，而损去"也"部，得到谜底"何"字。

高高月边，初生秋色（7画字）   彡彡

注："高"的高部为"亠"，"月"字之边为"丿"，"生秋色"三字之初为"彡"，合之成谜底"彤"字。

8画字

自我作古（8画字）   舍

注："自我"，"一人"也，与"古"合而为谜底"舍"字。

设饴为治饯（8画字）   浅

注：面为底"浅"字叫入"饴"字，即可组成"治饯"二字。

不胜生疑云（8画字）   育

注：审辨字形之法。不要"胜"字之"生"部存"月"，加上"云"字，得到谜底

"育"字。而"育"字上方是点不是横，所以在谜面上强调疑似"云"字。

横山如倒出（8画字） 帚

注：谜用审辨字形之法。横"山"似"彐"，倒"出"像"帚"字下部"冖"，上下组合得出谜底"帚"字。

旨下开花时（8画字） 苻

注：用武则天下旨命上苑百花齐开的故事构面。"花时"二字下掉"旨"部，所剩部分组合成谜底"苻"字。

火尽热力存（8画字） 势

注："热"字下四点为"火"，尽去剩"执"，存入"力"就得到谜底"势"字。

合十见如来（8画字） 姑

注：谜纯用合字法，"如"合"十"即成谜底"姑"字。

心中郁不快（8画字）　　　　　　　怏

注："心"作偏旁"忄"，"中"者"央"也，
　　合成谜底"怏"字。怏，郁也，其形近
　　"快"但不是"快"。此谜共用合字、
　　提义、审辨字形诸法。

"背手牵黄犊"（8画字）　　　　　　牦

注：审辨形似，"毛"字似背向之"手"，"黄
　　犊"为"牛"也，组合得出谜底"牦"字。

"楼前沟水清"（8画字）　　　　　　构

注：面为唐·韩偓诗句。"楼"字前面是
　　"木"，"清"有去除之义，"沟"字中
　　去掉"水"（氵）存"勾"，组合成谜底
　　"构"字。

好女破瓜时（8画字）　　　　　　　孤

注：旧称女子十六岁为"破瓜之年"。"破"有
　　去除之义，"女"从"好"字中除去存"子"
　　字，再加"瓜"成谜底"孤"字。

"云带夕阳高"（8画字）　　　　　　　　　昙

注："云"字明用，"夕阳"为"日"，放于"云"
　　之上（高），得到谜底"昙"字。

"好梦正初长"（8画字）　　　　　　　　　妹

注：面出《红楼梦》诗句。"好梦正"三字
　　初部"女木一"合成谜底"妹"字。

"斜阳着树明"（8画字）　　　　　　　　　杲

注：面为宋·杨万里诗句。"斜阳"者"落
　　日"也，得到"日"字，"树"为"木"，
　　"日"着于"木"之上成为谜底"杲"。
　　杲，明亮也。

"初听鹧鸪啼"（8画字）　　　　　　　　　鸣

注："初听"为"口"，"鹧鸪"属"鸟"，合为
　　"鸣"字。"啼"提义。

丘有一轲可足矣（8画字）　　　　　　　　斩

注：孔子（丘）为"至圣"，孟轲为"亚圣"，
　　孟轲继孔丘儒家之道统，此为造面之立

意。"丘"无"一"为"斤","轲"无"可"为"车",合成谜底"斩"字。

古装剧,遗巾记(8画字) 刷
注:"刷"字要装一"古"部成"剧"字,须遗去"巾"部。

安得一女平怨心(8画字) 宛
注:宝盖头(宀)得"女"部可成"安"字,"平"有削定之义,"怨"之"心"部平去存"夗",加"宀"组成谜底"宛"字。

"市声不闻耳差静"(8画字) 闹
注:"市"字明用,去掉(不)"闻"之"耳"存"门",组合成为谜底"闹"字。"闹"字之义与"静"有反差也。

一抹斜阳阜影长(8画字) 陌
注:"一"字与"斜"(丿)加于"阳"字之中,可以得到谜底"陌"字。"阜"部的"阝"要拉长些,才与"百"部配称。

怎把心儿偏放（8画字） 怔

注：把"怎"字的"心"部变成偏旁部首"忄"，得到谜底"怔"字。

广寒宫上添秋色（8画字） 泊

注："广寒宫"三字之上为三点，"秋色"在五行与五色对应中为白色。

秋娘前面诉心曲（8画字） 委

注："秋娘"二字前面是"禾女"，合为谜底"委"字；委，提义委曲也。

堤头水与云脚齐（8画字） 法

注："堤"头是"土"，"水"作偏旁"氵"，"云脚"取"厶"，组合而成为谜底"法"字。

国内改革要先行（8画字） 往

注："国"的内部为"玉"，将"玉"改动成为"主"，加"行"之先部"彳"合成谜底"往"字。

桂魄窥门上玉楼（8画字）　　　　　　　　肩

注：面为自撰句。桂魄乃"月"之美称，门亦"户"也，合而为谜底"肩"字。道家称眼为"银海"，肩为"玉楼"。先增合，后提义，双扣。

台湾出口蝴蝶画（8画字）　　　　　　　　泓

注：以事实构面。画家画蝴蝶像写"亦"字，所以灯谜约定"蝴蝶"企"亦"，"台湾"二字出去"口"与"亦"，得到谜底"泓"字。

刹那风中坠几多（8画字）　　　　　　　　剁

注："风"之中为"乂"，"乂"在"刹"字中落去，多出"几"部，合成谜底"剁"字。

辞岁宵尽日出时（8画字）　　　　　　　　岇

注：宵者"夕"也，从"岁"字中辞去"夕"存"山"；日出"卯"时。组合得到谜底"岇"字。

相思讵是无凭语（8画字）　　　　　　　柜
注：相思，木名。语，言也。"讵"无"言"（讠）
　　存"巨"，与"木"组合得到谜底"柜"字。

权将归计付无言（8画字）　　　　　　　枝
注："权"字明用，"计"无"言"（讠）存
　　"十"，合为谜底"枝"字。

轻车简从早行路（8画字）　　　　　　　径
注："轻"字简去"车"部存"圣"，加"彳"
　　（早行）为"径"。"路"提"径"之义。

马首云头入雨中（8画字）　　　　　　　录
注："马"字之首为"𠃍"，"云"字之头为
　　"二"，"雨"字之中为"水"，三部合
　　成谜底"录"字。

一别凡间傍蟾宫（8画字）　　　　　　　肮
注：以"一"间开"凡"字中之"丶"成"亢"，
　　蟾宫"月"也，合成谜底"肮"字。

结茅种杏在云端（8画字） 苯
注：谜以"日边红杏倚云栽"诗意造面。
"茅"为草，企"艹"；"杏"为木本，
企"木"；"云"字之端为"一"。合之
得到谜底"苯"字。

勾栏已绝王者香（8画字） 构
注：勾栏，宋元时娱乐场所，后用以指妓
院。王者香，兰之美称。"勾栏"二字
去"兰"得到谜底"构"字。

曲中日行千里间（8画字） 垂
注："曲"字之中为"艹"，"千里"二字合
为"重"，再从"重"字中去掉"日"
部，以"艹"穿插其中，组合成谜底
"垂"字。

细流平荡浮残月，雁阵横斜伴孤星（8
画字） 态
注："细流"为"水"（氵），放平为"丶
丶"，"残月"象形"乚"，"雁阵横斜"

为"一"为"人","孤星"象形"、",全部组合起来,得到谜底"态"字。

"士伏处于一方兮,非主不依"(8画字)　　　国

注:面出自《三国演义》第三十七回诸葛均歌吟。"士一口(方)"加"主"(甲骨文为、)而成谜底"国"字。

9画字

人参浸出液(9画字)　　　侵

注:"参"shēn,原本为中药,现在谜面别读为cān,作参加、加入解;液,水质,从"浸"中出去,加"人"(亻)得到"侵"字。

令堂寄言规劝(9画字)　　　诲

注:称"人"之"母"为令堂,"言"(讠)明用,"规劝"提示谜底之义。

一戈独夜依（9画字） 残
注：用陈毅"持戈倚枕到天明"的诗意构面。
"一戈"合成"戈"，独者"一"也，
夜为"夕"也。组合成为谜底"残"字。

老子的天下（9画字） 耷
注："老子"别解作春秋人李耳，用其名
"耳"，"天"之下部为"大"，组合而
成谜底"耷"字。

"白石清泉上"（9画字） 济
注：画家齐白石，故以"白石"借代扣合出
"齐"部，清去"泉"上的"白"部存
"水"（氵），"齐"与"氵"组合为谜
底"济"字。

"重九同欢娱"（9画字） 栎
注：重九作两个"九"解，二九十八，合为
"木"字；欢娱，与"乐"同义。二者
组合成为谜底"栎"字。

"王业不偏安"（9画字） 垩
注：面为诸葛亮《出师表》句。将"业"字
　　正安于"王"字之中，可成"垩"字。

一扫清尘土（9画字） 挡
注：一个"扫"字，加上"尘"字消去"土"
　　之后剩下的"小"字，组成谜底"挡"字。

"日脚下平地"（9画字） 陧
注：面为唐·杜甫诗句。日为"阳"，平地
　　为"土"，合成"陧"字。

"夕阳雁边下"（9画字） 是
注：面为明·高棅诗句。夕阳为"日"，雁
　　象形"人"，"下"字明用，组合成为谜
　　底"是"字。

只将颠倒上心头（9画字） 总
注："只"字颠倒过来，置于"心"字之上
　　成谜底"总"字。

桥边折柳赠佳人（9画字） 娇
注：柳，木也，"桥"边折去"木"为"乔"；
　　佳人，"女"也。组合得到谜底"娇"字。

高台斜倚了一生（9画字） 牮
注："台"之高部"厶"错开，"生"字去"一"
　　存"牛"，合成谜底"牮"字。

江头别后负前约（9画字） 测
注："江"头为"氵"部，"别"后为"刂"
　　部，"负"字之前约去存"贝"。合之成
　　谜底"测"字。

"一尊清酒两人同"（9画字） 竿
注：面为唐·张籍诗句。饮酒称"干"，两人
　　"个个"形似"𥫗"也，组成"竿"字。

毁誉一言须用心（9画字） 举
注："毁"者损也，损"誉"字之"言"，加
　　"用"字之心"丨"，组成"举"字。

柳丝斜似玉人欹（9画字）　　　　　　　珍
注：斜玉旁为"𤣩"，"人"明用，"彡"象形
　　柳丝斜，三者合成谜底"珍"字。

残花映影叶参差（9画字）　　　　　　　哔
注："花"之残部"匕"，映影成"比"，再
　　将"叶"字参差组合在一起，成谜底
　　"哔"字。

萤火虫飞复重来（9画字）　　　　　　　荧
注："萤火"二字飞去"虫"部，重新组合
　　而成谜底"荧"字。

一汪水出囸区外（9画字）　　　　　　　洭
注："区"字之外圈为"匚"，纳一"汪"字，
　　"水"（氵）在其外，合成"洭"字。

湖月渐消一抹斜（9画字）　　　　　　　活
注："湖"字消去"月"字存"沽"，加一抹
　　"丿"而成为"活"字。

周遭潦浸纵横流（9画字） 洞
注：潦浸者"水"（氵）也，"周"流去中
之"纵横"（十）成"同"，加"氵"
成谜底"洞"字。

草凋上苑春情减（9画字） 怨
注："苑"字之上"艹"凋去，"情"字之"青
（属春）"部减去，所剩之"夗"与"心"
（忄）合而为谜底"怨"字。

仅留残雪压画桥（9画字） 侵
注："仅"字明用，残雪为"彐"，画桥象形
"冖"，"彐"压于"冖"之上，组合得
到谜底"侵"字。

帐前别旧帅，此去不复还（9画字） 追
注：繁体"帅"字为"帥"，"帐"字的前面
为"巾"，在"帥"中别去"巾"存"𠂤"；
"还"字除去"不"，存"辶"。二者
组合得到谜底"追"字。

女仗一弓得伊人（9画字）　　　　　　　　姨
注：面用戏剧《铁弓缘》情节结撰。"女一弓
　　人"四部皆明用。"仗、得"作抱合词。

拂晓太阳带露珠（9画字）　　　　　　　　浇
注：拂，义为掸去，太阳，"日"也，掸去
　　"晓"字之"日"部为"尧"；露珠是
　　"水"（氵）。"尧"带"氵"而成"浇"。

是非寸心似有凭（9画字）　　　　　　　　恃
注："十"代是，"一"代非，加"寸"与
　　"心"，成"恃"字。有凭，提"恃"
　　字之义。

降旗举出去不还（9画字）　　　　　　　　逄
注：以"阝"象形旗，从"降"字中出掉
　　"阝"，"还"字去"不"部，组成谜底
　　"逄"字。

江左雪晴时已晚（9画字）　　　　　　　　浔
注："江"之左边为"水"（氵），"雪"晴

则不"雨",存"彐","时"晚则无"日",存"寸",合为谜底"浔"字。

坦腹东床人小卧（9画字）　　　　　玲

注：谜用王羲之"东床坦腹"典故扣出"王"；"人"明用；"令"字之下面部分，审辨之，似横卧之"小"字。

章华台下暮夜中（9画字）　　　　　茗

注："章华台"三字之下部为"十十口"，暮夜为"夕"，置于其中而成"茗"字。

"汉水东流是寸心"（9画字）　　　　怼

注：面为唐·钱起诗句。"汉"字之"水"（氵）部东流去为"又"，加"寸心"得到谜底"怼"字。

正似垂钩钓秋水（9画字）　　　　　眄

注：秋水为"目"（眼睛）之美称，"丏"部似"正"字而垂一钩（亅），合成"眄"字。

倒挽干戈安一方（9画字）　　　　　　　哉
注：审辨字形，"哉"字之上，像颠倒的
　　"干"字（土）与一"戈"字；一方，
　　形似"口"。

10画字

闺门多暇（10画字）　　　　　　　　　娴
注：女人所在为闺门，故"闺门"扣"女"，多
　　暇为"闲"，合之成谜底"娴"字。

横江当户来（10画字）　　　　　　　　润
注：横为"一"，合"江"成"汪"；户，
　　门也；当，同"挡"。"汪"挡于"门"
　　间也。

"君家门前水"（10画字）　　　　　　　润
注：面为明·张以宁诗句。以"君"代
　　"王"，加"门"中，其前着"水"（氵）
　　部，得到谜底"润"字。

秋山横落日（10画字）　　　　　　　　　钿

注：秋于五行中为"金"；"山"横置像
　　"彐"，与"日"合为"田"。

隐入叶丛中（10画字）　　　　　　　　唑

注：审辨字形，谜底"唑"字应是"丛"字
　　隐一"叶"字于其中。

要十分耐心（10画字）　　　　　　　　恋

注：十分为一寸，谜底的"恋"字叫入
　　"寸"，即成"耐心"二字。

国中劳力不足（10画字）　　　　　　　莹

注："国"之中为"玉"，"劳"字去"力"
　　存"艹"，合成谜底"莹"字。

卧看秋水直沾云（10画字）　　　　　　罢

注：秋水，"目"（眼睛）之美称，卧而成
　　"罒"；直为"丨"，沾入"云"字之
　　中成"去"。二者组成谜底"罢"字。

佳人空自倚栏边（10画字） 桂
注："佳"字空去"人"（亻），加"栏"边之"木"为"桂"。

六桥如画艳阳里（10画字） 冥
注："六"明用，画桥象形"冖"，艳阳"日"也，合成"冥"字。

林梢斜月伴孤星（10画字） 秾
注：以"林"为字基，其上（梢）加斜月"丿"与孤星"丶"，组成"秾"字。

别把手伸得太远（10画字） 逝
注：反面会意。手别伸太远，则应在近处着手，故将"手"（扌）伸入"近"处而成为"逝"字。

山雀倒衔一叶来（10画字） 鹄
注：山雀为"鸟"，"叶"字颠倒成为"古"，组成谜底"鹄"字。

一夜残花对影来（10画字） 毙
注：一夜成"歹"，残花存"匕"，"匕"之
　　对影为"比"，组合得到谜底"毙"字。

女真犯阙北宋亡（10画字） 娴
注：以历史事实拟面。"女"明用；阙，京城
　　宫殿之外"门"；"宋"字之北为"宀"，
　　亡去，剩下"木"。三者合成谜底"娴"
　　字。

城头远山如箭镞（10画字） 埃
注：城头企"土"，远山象形"厶"，箭为
　　"矢"。"土""厶""矢"三者合成谜
　　底"埃"字。

一江水滞浑不流（10画字） 珲
注："一"与"江"合成"汪"，滞去"水"
　　（氵）旁，剩下"王"，浑水（氵）不
　　流存"军"。"王"与"军"合成谜底
　　"珲"字。

那就二千分放心（10画字） 恁

注：两个"千"字可分合成"任"，加"心"成谜底"恁"字。那，提"恁"字之义。

晚霞如火雁行斜（10画字） 烩

注：谜用会意法。晚霞为"云"，"火"明用，雁行斜而如"人"字之阵。

横山欲衔半边日（10画字） 畔

注：横"山"如"彐"，合"半"与"日"，组合成为"畔"字。

尘土不沾水月圆（10画字） 消

注："尘"不沾"土"存"小"，圆有合义，合"水（氵）月"成为谜底"消"字。

客心江左欲春行（10画字） 涤

注："客"字之中心为"夂"，"江"之左为"氵"，春于五行属"木"，合成谜底"涤"字。

秋思愁断更秋行（10画字） 钿

注："秋思"二字断去"愁"字存"田"，秋
　　于五行属"金"（钅），二者合成谜底
　　"钿"字。

芳心逐水去不还（10画字） 逑

注："芳"字中心为"一"；逐，有挨之义，
　　"水"加"一"为"求"；"还"字去"不"
　　存"辶"。

四时山中闻清响（10画字） 卿

注：四时别解为第四个时辰，为"卯"；山
　　于八卦属"艮"，"艮"置"卯"之中成
　　"卿"。清，提"卿"之音。

水带离情向别方（10画字） 浴

注："水"作偏旁"氵"，"离"于八卦属
　　"火"，"方"别解为"口"（方形），
　　合成谜底"浴"字。

"松桂影中旌旗色"（10画字）　　　　　　郴

注：面为唐·韦庄诗句。"松桂"企两个"木"，
　　旌旗象形为"阝"，合成"郴"字。

盘顶没舸水势横（10画字）　　　　　　　益

注：舸者，舟也，于"盘"之上去除"舟"，
　　剩下"皿"，加上横置之"水"部，即成为
　　"益"字。水满于皿则益——溢也。

古居无人蛙翻字（10画字）　　　　　　　倔

注："居"字无"古"为"尸"；古有"蛙
　　翻白出阔"之象形，故以"蛙翻"象形
　　"出"字；与"人（亻）"部合为"倔"字。

一登画舫两窗开（10画字）　　　　　　　逦

注：谜用象形之法。"一"明用；画舫，楼船
　　也；谜底的"逦"字似一画船，中开二
　　窗且似有人于其中。

打叠是非辗转思（10画字）　　　　　　　悝

注：打叠作合字动词用，是为"十"，非为

"一","思"字转而为"心(忄)田",叠合成"悃"字。

年终夜残春欲归(10画字) 桀
注:"年"字之终部如"丰","夜残为"夕",春属"木",合成谜底"桀"字。

直扣东川,控其咽喉(10画字) 挹
注:直用"扣"字,东川古为"巴",合而为"挹";控,义为"把",咽喉为"口",合而为"挹"。本谜合字双提。

11画字

衣着大方(11画字) 䄔
注:"衣"作偏旁为"衤";附着"大"与"方"(口),合成谜底"䄔"字。

东海无定波(11画字) 梅
注:五行东属"木","海"字无"波"(氵)存"每",合为"梅"字。

分合古来同（11画字） 　　　　　　　　啥

注：拆底就面之法。拆"啥"字为"合"与"古"二字。

洗涤去私心（11画字） 　　　　　　　　淞

注：沐，本义为洗发，亦泛指洗涤；底以"沐"应面上之"涤"，去私心而存"公"。

辙过苗留迹（11画字） 　　　　　　　　蕾

注：辙，车轮经过留下的痕迹，象形汽车轮胎之迹"巛"。辙从"苗"中过而成"蕾"之象。

名与谪仙高（11画字） 　　　　　　　　偕

注：贺知章誉李白为谪仙人，故人以"谪仙"称白。"人"（亻）可与"白比"也。

吹落人前头（11画字） 　　　　　　　　欲

注："吹、人"二部明用，"前"字之头为"丷"，合成谜底"欲"字。

"焰畏风来动"（11画字） 欲
注：面为唐•李世民《咏烛二首》（其一）诗句。焰者"火"也，风动乃指风"吹"；"欲"字拆开，似"火吹"二字。

"巉岩带远天"（11画字） 崆
注：面为南朝•谢朓诗句。巉岩，形容山之高，扣"山"；远天为"空"。

"二十朝大夫"（11画字） 菅
注：二十，化为"艹"；当朝大夫，"官"也。二部合成"菅"字。

"莺朋对燕友"（11画字） 鹁
注：面出《声律启蒙》。莺燕皆"鸟"，朋友为"交"，合成"鹁"字。

"双泪落君前"（11画字） 涪
注：面为唐•张祜诗句。双泪会意为"泣"，"君"字之前"尹"部落去存"口"，合而成为"涪"字。

依旧是中国心（11画字） 域
注：旧时五行中属"土"，旧繁体"國"之心是"或"，"土或"合成"域"字。

"千万人之心也"（11画字） 惊
注：面出《阿房宫赋》。古算法，"千万"为"京"，"心"作偏旁"忄"。二者合为谜底"惊"字。

一草一木不入私（11画字） 菘
注：不入私则为"公"，加"草"（艹）与"木"，组合成谜底"菘"字。

三更三点夜归人（11画字） 殮
注：夜为"夕"，"殮"字拆开有"三 ⺌ 夕 人"诸部。

一叶扁舟帆影远（11画字） 蛄
注："叶"字另置为"古"；"虫"扣"舟帆影远"，象形。

床头点滴金银尽（11画字）　　　　　　　痕
注："床"字之头为"广"，点滴作二点
　　 "冫"，加于"广"为"疒"；"金"（钅）
　　 部从"银"字尽去存"艮"。组合得到
　　 谜底"痕"字。谜面从"床头黄金尽，
　　 壮士无颜色"上句化出。

一生客里又防边（11画字）　　　　　　　隆
注：客里，客居在外；防边，当兵守边防
　　 也。"一生"明用，客里取"夂"，防边
　　 取"阝"，组合得到谜底"隆"字。

南岳夜来秋气清（11画字）　　　　　　　移
注：按地图方位，南岳取"山"；夜为"夕"；
　　 气乃发火，"火"从"秋"字中消去存
　　 "禾"。三部合成"移"字。

夜夜斜挂树梢头（11画字）　　　　　　　移
注：夜为"夕"，夜夜为"多"，斜形为"丿"，
　　 树梢为"木"，组合成为谜底"移"字。

秋风无边上树梢（11画字）   铩

注：秋于五行属"金"（钅），"风"字无边
  存"乂"，树梢者"木"也，组合为谜
  底"铩"字。

"谁似当年李谪仙"（11画字）   偕

注：面为明·唐正诗句。谁，问人；李谪仙，
  贺知章誉李白也，扣"白"；似，以之作
  "比"也。

"待燕归来始下帘"（11画字）   帷

注：面为宋·陆游诗句。燕，鸟也，以鸟属
  之"隹"代之；"帘"之下部为"巾"。
  二者合为谜底"帷"字。

先生客死魄何栖（11画字）   宿

注：谜用方位提部、提义二法。自"客死魄
  何"四字提取其先部"宀一白亻"合成
  "宿"字，以"栖"提"宿"之义。

画堂之中一别后（11画字）　　　　　　　副

注："画"字之中为"田"，"堂"字之中是
　　"口"，"一"明用，"别"字之后是
　　"刂"。组合成谜底"副"字。

悬冰净化一日中（11画字）　　　　　　　睁

注："净"字之"冫"乃古"冰"字，化去存
　　"争"，"一"入"日"字之中为"目"。
　　合为谜底"睁"字。

陇头雾里星方落（11画字）　　　　　　　隆

注："陇"头为"阝"，"雾"里取"夊"，"星"
　　字之四方（"口"形）落去而存"一生"。
　　合成谜底"隆"字。

且向云脚系此心（11画字）　　　　　　　悬

注：审辨"县"字，乃"且"与"云"字
　　之脚部"厶"组成；再系上一"心"字
　　成底。

先前塞倚云泉栖（11画字）　　　　　　宿
注：方位提部。"塞倚云泉"四字之先、前
　　部为"宀亻一白"，合起来为"宿"字。
　　以"栖"提谜底"宿"之义。

"漏泄春光与乃堂"（11画字）　　　　　梅
注：面为《西厢记》曲文。春于五行属
　　"木"；"乃堂"称人之母；谜底"梅"
　　字漏去"木"，则存"人母"。

"同心放开重结"（11画字）　　　　　　绸
注：面为宋·毛滂词句。"同"放去其心剩下
　　"冂"，再（重）入一"结"字，即成
　　为谜底"绸"字。

秋山一夕消溽热（11画字）　　　　　　秽
注：消溽热，降火也，"秋"去"火"加"山"
　　与"夕"成底。

三山映带浮屠端（11画字）　　　　　　崛
注：浮屠原指佛塔，在谜中别解作"屠"字

浮于端上的"尸"部,而映带于三个"山"字之间,得到谜底"崛"字。

上苑花草尚安然(11画字)   婩

注:拆底就面。"婩"字拆开,是"苑"花去"草"(艹)的"夗",而"宀女"二部就像(然)错开的"安"字。

秋花凋后圃中空(11画字)   菌

注:"秋"和"花"二字,凋去后部为"禾艹";"圃"字中空存"口"。三部合为谜底"菌"字。

站在边境最前哨(11画字)   培

注:站者"立"也,"境"之边旁为"土","哨"之前为"口",组合得到"培"字。

明月低照花枝头(11画繁体字)   梟

注:谜用企拆之法,"明月"企"鸟"名,"低照"为"灬",将"灬"从"鳥"中花去,加枝头之"木"而成底"梟"(枭)字。

先欲之而后疑之（11画异体字） 欼

注：古文"之"字有往、去义项。将"欲"字之先部去除，剩下"欠"，又将"疑"后部去除，剩下"矣"部，所存二部合成谜底"欼"字。

12画字

中国猪种（12画字） 琢

注：面为书名。"国"字之中为"玉"，猪企"豕"，"玉"种于"豕"中为"琢"。

一朝重安排（12画字） 腊

注："一"与"朝"二字拆开另行安排，成为"腊"字。

青霞半落日（12画字） 棵

注：有著名女艺人林青霞，故以"青霞"借代其姓"林"，"林"之一半落一"日"字即成"棵"字。

对月共盼待（12画字） 期
注：对为"二"，入"共"为"其"，加"月"
成"期"字。盼待，提义。

垂泪放低声（12画字） 湄
注："泪"字明用，但一边垂下些；"声"字
低部为"尸"，加而为"湄"。

梅窗初放花（12画字） 榮
注：梅属"木"，窗为"户"，初"放"之
"方"部花去剩下"夂"，组合得到
"榮"字。

"雨落不上天"（12画字） 湮
注：面为唐·李白诗句。雨落为"洒"，不
上天为"洒土"，合成"湮"字。

"枕前泪双滴"（12画字） 湘
注：面为何仲言诗。"枕"之前为"木"，"泪"
加其双边成为"湘"字。

"耕地桑柘间"（12画字） 棵

注：面为唐·高适诗句。耕地为"田"，"桑柘"扣两个"木"。"田"加两个"木"之间为"棵"。

"青春长别离"（12画字） 棼

注：面为李白诗句。春于五行属木，木色青，故以"青春"扣出两个"木"；别离者"分"也。合之成谜底"棼"字。

"流涕向青松"（12画字） 湘

注：面为唐·王勃诗句。痛哭流涕，洒"泪"也；青松企"木"，"木"置于于"泪"中为"湘"。

"高柳对楼前"（12画字） 森

注：面为北周·庾信诗句。柳为"木"，放于高处；"楼"前为"木"部，对，二"木"也。合为"森"。

立即动员起来（12画字） 赔
注："立"字明用，把"员"字移动，重新
　　组合成谜底"赔"字。

残花片片翻杳然（12画字） 棍
注：残花为"匕"，片片为"比"；"杳"字
　　翻开成"木日"。合之成谜底"棍"字。

酒香尽日逐流水（12画字） 酥
注："酒香"二字尽去"日"部，逐去"水"
　　（氵），组合成为谜底"酥"字。

修柳斜叶隐鸣禽（12画字） 翛
注："修"字之"彡"部象形柳叶斜飘，隐
　　去；鸣禽，羽类也，企"羽"，组成谜
　　底"翛"字。

分明颠倒共并头（12画字） 腊
注："明"字分开为"日月"，先后倒置，以
　　"共"之头部"卄"并之。

月光如水照疏棂（12画字）　　　　　　渭
注："月"字明用，水作偏旁"氵"，疏棂为
　　窗，象形"田"，合为谜底"渭"字。

一江月色四方同（12画字）　　　　　　渭
注：一江为"水"（氵）；"胃"字之"月"
　　部原义为肉，书写混同，故称之为月
　　色；"田"字则可看成是"口"隔作四
　　个方形。

夕阳催骑起蹄声（12画字）　　　　　　骒
注：夕阳，"日下"也；骑，一"人"一"马"
　　谓之"骑"。组合得到谜底"骒"字。"骒
　　"声同"蹄"，故以"蹄"提声。

木叶黄外色当秋（12画字）　　　　　　楮
注："木"字明用；叶读xié，有和洽之义，
　　作抱衬词用；黄于五色属中央戊己
　　土，故企"土"；秋于五行属金，其色
　　"白"。"木土白"合成"楮"字。

回看淮汉漂流人（12画字）　　　　　　　傩

注："淮汉"二字回看为"汉淮"，俱漂去水
　　流（"氵"部）而为"难"，加"人"
　　（亻）部成谜底"傩"字。

千门隔在水一方（12画字）　　　　　　　阔

注："千门"、水（氵）、一方（口），合成
　　谜底"阔"字。

千田初芫尚见土（12画字）　　　　　　　董

注："千田土"，合成"重"；加初芫之"草"
　　（艹）部为"董"字。

垂柳庭院小阑干（12画字）　　　　　　　编

注：垂柳如丝，企"丝"；庭院为"户"，
　　小阑干像"冊"。

春去人未上仙槎（12画字）　　　　　　　嵯

注：春属"木"，"木"与"人"从"仙槎"
　　二字去掉而成"嵯"字。

雪下垂钓头负笠（12画字）筝

竹篱疏落人闻琴（12画字）　　　　　　　禽
注："竹"部从"篱"字中疏落去，存"离"；
　　上加一"人"字，即成"禽"。禽，音
　　同琴（qín），故以"琴"提其音。

雪下垂钓头负笠（12画字）　　　　　　　筝
注：写"孤舟蓑笠翁，独钓寒江雪"之景而
　　拟谜。雪之下为"彐"，垂钓为悬钩，
　　象形"亅"，"负"与"笠"之头部为"⺈
　　𥫗"，合成谜底"筝"字。

又将愁绪一半分（12画字）　　　　　　　释
注："又"字明用；"愁"之绪部为"禾"；
　　更将一个"半"字分开，贴于"禾又"
　　之间而成"释"字。

浊水已清清水活（12画字）　　　　　　　蛞
注：谜纯用损法。"浊"字水（氵）部清去
　　存"虫"，"活"字水（氵）部去掉存
　　"舌"，合成谜底"蛞"字。

边地依栖啼旧垒（12画字）　　　　　堡

注："地"字之边为"土"，"依"字之边为"亻"，"栖"字之边为"木"，"啼"字之边为"口"，四部合为"堡"。旧垒，提"堡"之义。

高天霜色对乌号（12画字）　　　　　弼

注：面以"月落乌啼霜满天"诗意构面。"天"之高部为"一"；霜色"白"；《幼学琼林》"乌号"乃弓之名，"对乌号"企二"弓"。合为"弼"。

"对此如何不泪垂"（12画字）　　　　湘

注：面出唐•白居易《长恨歌》。如何，为一种树名，企"木"；"泪"字对之垂于两边。

潮头拥叶翻蟾影（12画字）　　　　　湖

注："潮"字部首为"水"（氵），"叶"翻作"古"，蟾影扣"月"，合成谜底"湖"字。

"朝来带雨一枝春"（12画字） 渣
注：面为宋·朱淑真诗句。朝企"旦"，雨
　　为"水"（氵），春属"木"。

廿载苦辛廿载闲（12画字） 辜
注：底字"辜"，载上两个"十"，拆开成
　　"苦辛"，但"辜"字是没有两个"十"
　　的，所以说"廿载闲"。

六出倒卷上花梢（12画字） 蒂
注："六出"原指雪花之六瓣，入谜则"六"
　　明用，"出"字倒卷如"冂"，"花"之
　　梢为草头（艹），组合得到"蒂"字。

榴梿树边不留连（12画字） 森
注：榴梿为东南亚果皇，可口，中国人到南
　　洋谋生，吃到榴梿，会留连忘返。面有
　　规劝口气。"树"边得一"木"，"榴梿"
　　消减"留连"得"木木"，合之得谜底
　　"森"字。

帘头初月夜方中（12画字）　　　　　　　窗
注："帘"字部首（头）为"宀"；初月为"丿"；
　　夜为"夕"，置于方（囗）之中。组合
　　得到谜底"窗"字。

"残月如初月，新秋似旧秋"（12画字）弼
注：面出南北朝•庾信《拟咏怀二十七首》
　　（其十八）。《韵对屑玉》有"新月如
　　弓，残月如弓"，故"残月如初月"企
　　二"弓"。秋，五行属金，其色"白"，
　　新秋旧秋，一样的白，企"一白"。

13画字

年届而立（13画字）　　　　　　　　　靖
注："届"字有到之义。一年有"十二月"，
　　合为"青"；再加一个"立"字，合成
　　底"靖"字。

回形别针（13画字）　　　　　　　　　锢
注：面为一种小五金制品名。谜用"回"字

插一"针"字而成为"锢"字。别,义为插入。

"泽畔思灵均"(13画字)   源
注:灵均,屈原字,扣出"原"字;"泽"之畔为"水"(氵)。合之成谜底"源"字。

骤觉午时到黄昏(13画字)   蓦
注:十二时辰中"午"属"马";黄昏亦称"暮","暮"古与"莫"通,"蓦"字乃"莫马"组成;面先以"骤"提"蓦"之义。

乍吹沾辇紫絮低(13画字)   辔
注:"乍"字有初起之义,"乍吹"为"口","辇紫絮"三字低部为"车纟纟",四部合成底"辔"字。

北宋亡而南宋立(13画字)   楝
注:用历史事实拟面。"宋"之北部为"宀",亡去存"木";"宋"之南部为

"木"(形似"ホ");"木""木"加"立"成底字"榇"。

妨碍干部调动（13画字） 障
注："干"与"部"二字调动而成"障"字，"妨碍"提"障"之义。

情丝一缕系落月（13画字） 愫
注："情"字系上一"纟"部而落去"月"部，成谜底"愫"字。

又遂心又顺耳（13画字） 慑
注：面句中"又"与"耳"明用，"心"作偏旁"忄"，组合得到谜底"慑"字。

"鸲鹊楼前新月满"（13画字） 稚
注：鸲鹊鸟属，企"隹"；"楼"字的前面为"木"；新月象形"丿"。

14画字

章台下边柳（14画字） 榴
注："章台"二字之下为"十口"，合成"田"；加"柳"成"榴"。

殚兮不敢言（14画字） 跽
注：殚，有畏忌之义，扣"忌"；不敢言则"口止"也。

"独入千竿里"（14画字） 箪
注：面为唐·张籍诗句。独，"单"也；千竿指"竹"。

廿载平反得归来（14画字） 蔷
注：审辨字形。谜底"蔷"字之中，包括"艹"；一个反转的"平"字为"士"；归来之义为"回"。

军到处，宵小潜踪（14画字） 膑
注：宵小，原指盗贼之辈。军，兵也；"宵"

字之中潜去"小"部,与"兵"字参差组合成"膑"。

带雨吹入楼头(14画字) 漱
注:"雨"企"水"(氵),"楼"头为"木",入一"吹"字而成"漱"字。

"枇杷压枝杏子肥"(14画字) 夥
注:面为宋·范成大诗句。谜用纯会意之法:枇杷为"果",杏子也是"果";压枝、肥,"多"也。"果多"为"夥"。

雷雨初停柳枝长(14画字) 榴
注:"雷"字初部之"雨"停去余"田",加一"柳"字,并将"柳"字之木部拉长,成为谜底"榴"字。

水清冰净净无声(14画字) 静
注:"水"从"清"中清掉,"冰"(冫)从"净"中净去,存"青争",合为"静";以无声提义。

火自心生还自灭（14画字）　　　　　　　熄
注："火自心"三字生成"熄"字；熄，火
　　灭也。

春香尽日依楼头（14画字）　　　　　　　榛
注："春香"二字去"日"部，合"楼"头
　　之"木"，成谜底"榛"字。

文出川中天下知（14画字）　　　　　　　霁
注："文"字明用，"川"出其中一直（丨），
　　加而为"齐"；"天下"别解为"雨"（动
　　词）；从天而降者皆可称雨。

吹息亭中东畔灯（14画字）　　　　　　　歌
注："吹"字明用，亭中东畔之"灯"为
　　"丁"，息去，加"吹"成"歌"字。

高官炎势横一方（14画字）　　　　　　　熔
注：审辨"熔"字，有"官"之高部"宀"，
　　有一横势之"炎"字（火火），又有一
　　个方形（口）。

拂晓时分好采茶（14画字） 模

注：拂晓，天旦也；"模"字中的"旦"字分去，余部可成一"茶"字。

夕阳老树宿昏鸦（14画字） 榻

注：夕阳为"日"，老树为"木"，昏鸦属"羽"族。谜以马致远《天净沙·秋思》"枯藤老树昏鸦，小桥流水人家。古道西风瘦马，夕阳西下，断肠人在天涯"词意结撰。

劝阻之词不入其门（14画字） 阑

注：劝阻，谏也；词，言也。"谏"加"门"而"言"（讠）在"门"外。

15画字

眼空无物（15画字） 觑

注：会意。眼空无物，其"见"必"虚"也，由"见虚"合成谜底"觑"字。

三十日有小雨（15画字）　　　　　　　　霄
注：三十日为一"月"，加"小"与"雨"
　　成为谜底"霄"字。

为党舍儿身向前（15画字）　　　　　　　躺
注："党"字舍去"儿"部，存"尚"；置一
　　"身"字于前，得到谜底"躺"字。

千里平添上苑心（15画字）　　　　　　　懂
注："千里"合为"重"，添"苑"上"草"
　　（艹）部与"心"（忄）部成谜底"懂"
　　字。

州中千里长蓬蒿（15画字）　　　　　　　懂
注："州"字之中取"忄"，"千里"为"重"，
　　蓬蒿作"草"（艹）部。

"人家多在竹棚头"（15画字）　　　　　　篇
注：人家为"户"，"竹"作部首，棚象形
　　"冊"，组合得到谜底"篇"字。

"豚栅鸡埘半掩扉"（15画字）　　　　　　翩

注：面为唐·王驾诗句。豚栅，象形"卅"；
　　埘，鸡宿处，鸡企"羽"；半掩"扉"
　　存"户"。三部合成"翩"。

一落西崦岱色空（15画异体字）　　　　　醃

注："一"落"西"中成"酉"；岱，山也，
　　"山"从"崦"中空去，与"酉"合成
　　谜底"醃"字。"醃"，"腌"的异体字。

一经千古应甘心（15画异体字）　　　　　憇

注：千古原指人死。这里审辨字形，"舌"
　　有"一"即成"千古"二字，加上"甘、
　　心"，而成谜底"憇"字。憇，"憩"的
　　异体字。

多笔画字

群喙息响（多笔画字）　　　　　　　　　蹄

注：喙，鸟之口；群鸟息鸣，乃"啼止"也。

强令开释（多笔画字）　　　　　　　　邀
注：开释乃"放"也；强令为"迫"。"邀"由"迫
　　放"组成。

慨叹而已矣（多笔画字）　　　　　　　蹉
注：慨叹会意为"嗟"；而已，"止"也。

三分田要细作（多笔画字）　　　　　　缰
注："三"字分开，加"田"加"细"，组合
　　成为谜底"缰"字。

都能得心应手（多笔画字）　　　　　　撼
注：都能，"咸"应之；得"心"部、"手"
　　（扌）部成"撼"。

秋光莫道不销魂（多笔画字）　　　　　魑
注："销魂"二字作为母字。"秋光莫"，指
　　去掉"金"（钅）部（秋属金）；"道
　　不"，指去掉"云"（"道""云"均有说
　　意）。剩下部分合成谜底"魑"字。

四方一统人初定（多笔画字）　　　　　　　器
注：四方别解为四个方形（口），"一"与
　　"人"统而为"大"，初"定"为"点"
　　（丶），合为"器"字。

前头一去是西村（多笔画字）　　　　　　　樽
注：审辨字形，"樽"字前头的"丷"与"一"
　　去除，就剩下"西村"二字。

苗中雨歇正含苞（多笔画字）　　　　　　　蕾
注："苗"字之中歇一"雨"字，即成"蕾"；
　　含苞提义。

香散景消影小斜（多笔画字）　　　　　　　穆
注："香"字散开，与消去"景"部之"影"
　　（有"彡"）、"小丿"组成谜底"穆"字。

月影西沉老树中（多笔画字）　　　　　　　膨
注："月"部明用；"影"字之西部沉去存
　　"彡"；老树，指老写的繁体"樹"字，
　　中为"壴"。合起来为谜底"膨"字。

"舌涩黄鹂语未成"（多笔画字）　　　　　蹄

注：面为唐·白居易《南湖早春》诗句。会
　　意扣合。黄鹂舌涩而语未成，乃"啼"
　　声停"止"也。

先朝人共说韩信（多笔画繁体字）　　　　諱

注：面为底叫入法。"朝"字之先（前面）
　　为"卓"，"人"变为"亻"，将它们与
　　谜底的"諱"字合起来可组成"韓信"
　　二字。

趁明携盅酒，消遣水月中（多笔画繁体
字）　　　　　　　　　　　　　　　　醞

注："明盅酒"三字，消遣去"水月中"三
　　部，成谜底"醞"字。醞，"酝"的繁
　　体字。

一声牵动心头肉（多笔画字）　　　　　臆

注："声"代以"音"，加"心"部与"肉"
　　（月），合成谜底"臆"字。

前庭岚冷叫吱喳（多笔画字）　　　　　　　癌
注：以一"前"字提以下各字之首部，"广
　　山 丷 口 口 口"，合成"癌"字。

松篁夕夕月初悬（多笔画字）　　　　　　　簃
注：松为"木"；篁乃"竹"；"月"之初为
　　"丿"；"夕夕"合"多"。组合起来，
　　得到谜底"簃"字。

"野烟漠漠迷林表"（多笔画字）　　　　　　檬
注：面为尹默《秋明·青玉案》句。谜底以
　　"蒙木"会面句之意。

直言能教寒冰消（多笔画字）　　　　　　　謇
注：直用"言"字，"寒"字消去"冰"（冫）
　　部的两点，成为谜底"謇"字。

大浸稽天（多笔画字）　　　　　　　　　　瀑
注：大浸，"洪水"也；天，"日"也。三部
　　分合成谜底"瀑"字。

"林莺巢燕总无声"（多笔画字）　　　　　　鹭

注：面为宋·陆游诗句。会意，林莺、巢燕
　　皆为"鸟"；总无声，则成为"鸟口各
　　止"。组合起来得到谜底"鹭"字。

山鬼晚妆香插头（多笔画字）　　　　　　巍

注：传说山鬼，女，山花为饰，骑黑豹。谜
　　以"女"（晚妆），"香"字之初（头）
　　"禾"加"山鬼"而成"巍"。

吟哦咏叹此楼前（多笔画字）　　　　　　躁

注：以一"前"字提前六字之首部，"口口
　　口口止木"，合成"躁"字。

双眼望穿雁一行（多笔画字）　　　　　　衢

注：双眼，二目（目目）也，雁代以"隹"，
　　穿插"行"字中。

吟哦咏叹此楼前（多笔画字）躁

作品赏析

并肋重耳应有功（5画字）左

顾为善/评析

《左传•僖公二十三年》："曹共公闻其骈肋，欲观其裸。浴，薄而观之。"这里的"其"，指晋公子重耳。由于骊姬进谗，重耳出奔在外，历经狄、卫、齐、曹、宋、郑、楚、秦诸国，凡十九年，始返晋执政。上面这件事，就发生在重耳经过曹国的时候。他不仅在晋为君，还在诸侯中称霸，当然应有功。骈肋是一种生理畸形，肋骨紧密相接。不说骈肋，而说并肋，是出于制谜的需要。"左"并上"肋"，可组合为"有功"二字。

重耳本是人名，这里却赋予双关义，不仅是重新组合，而且暗示重复组合，组成二字。整个谜面别解为：并上"肋"重组两字，应该是"有"和"功"。用典现成，不事雕琢，仅仅通过一个词语的转注置换，就给人以天然、浑成的美感，自是大家手笔。

"谈锋一触便纵横"（5画字）讦

王东雄/评析

面句出自明末纪坤所作七律《哭董天士四首》（其二）的首联："五岳填胸气不平，谈锋一触便纵横。"诗人系崇祯间诸生，因醉心科考，然生逢乱世，时运不济，其寄情于诗，在追思友人的同时，进一步抒发了自己愤世嫉俗的情感。

成谜取会意、离合之法，"谈锋"为"言"（讠），"一"明企，"纵横"成"十"，将"讠一十"三个字素绾合而成"讦"字。此谜特色在于底面扣合，自然浑成。"讦"，有"揭人隐私或攻人所短"之义，常用于发难之举。用此诗句为"讦"配面，可谓慧眼独具。诗意的一吐为快，谜底的不容浊物，借谜法的"牵线搭桥"，竟成绝配。

千载浮云一望收（6画字）丢

王东雄/评析

"浮云"在历代圣哲文人的笔下，因其飘浮不定，往往被喻为不值一提的事物。孔子曰："不义而富且贵，于我如浮云。"宋代黄山谷为韩淮阴而慨叹："千年事与浮云去，想见留侯决是非。"富贵功名，千载之后皆如浮云。

成谜取增损离合之法，"云"先收"一"，后"载"之以"千"，则"丢"字显而易见。面句虽为自撰，却意境深远，耐人寻味。此谜之精妙还在于抱衬词的运用精准得当，"载"之稳妥，"浮"之灵动，"望"之明确，"收"之到位，妙裁胜剪，着手成春。品味再三，尤觉唇齿溢香。

燕子敛翎近画帘（6画字）灯

王东雄／评析

宋代王雱以"一双燕子语帘前，病客无憀尽日眠"，勾画出动静结合、互相映衬的优美景象。唐代杜牧以"空堂病怯阶前月，燕子嗔垂一行帘"，展示了月华如水、燕栖帘下的幽雅画面。赏读此谜，颇有"似曾相识燕归来"之感。

面句借古诗之意得趣，取象形之法成谜。"燕子敛翎"象形"灬"。诗有云："亚字阑干丁字帘"（清·汪东《思佳客》），故以"帘"象形"丁"。两形组装，前呼后应，自然贴切。成谜虽分段扣合，却不粘不脱；运法虽平淡无奇，却招招到位。可见大家手笔，遣词造句之功，确实非同一般。灯谜创作讲究"义欲婉而正，辞欲隐而显"（汉·刘勰《文心雕龙·谐隐》），当可作为此谜注脚。

小舟人卧伴鸥眠（6画字）迄

刘 旭／评析

若要给此谜配意境画，我会如此布局：近景为一只睡着的鸥，中景为一条横着的小舟，小舟上，再画一个懒洋洋睡着的人，周边和远处淡淡地衬些与之相配的景物，然后以面句为题款。此谜意境，即使不会画的人，只要读之，眼前也会浮现出我所描述的景致。我对于谜的优劣的评判，第一就是谜面要美，并且于美之中要显出一种诗一般的意境。此谜面句，可谓如诗如画，精美异常。看其谜法，用象形、会意扣底，颇具特色："小舟"，象形为"辶"；"人卧"，意为"人"字如卧倒一般，可得"宀"；"伴鸥眠"中，"鸥"象形为"乙"，"伴"为陪伴，"眠"为睡，可与"伴"一起视为连缀词，意为将前边所得之"辶、宀、乙"合并起来，则底"迄"立得。全谜思路奇谲，象形逼真，扣合得当，曲折有趣，可谓是一则精美之作。

十载翻身业（7画字）赤

郑长彦/评析

古往今来，凡欲成大事业，绝非一朝一夕之功，必假以时日，方可有成。强国如是，个人奋斗亦不外此理。越之勾践卧薪尝胆，富国强兵，雪会稽之耻，先后数十载。可见创业之艰难，非得之于举手之劳也。

作者撰此谜文，读之甚有奋发向上、穷则思变之感，而切合一字，更见腕底之功。"十"字作为谜底的一个组成部分，可变性均在"翻身业"三字之上。"翻身"不喻为改变落后面貌，别解作"业"字字形之翻转。"载"亦非"年"，而用如动词，驱使翻身后的"亦"与"十"吻合，即成"赤"字。小弄纤巧，顿使此谜生姿增趣。

此谜运会意、离合二法，结构严谨无痕。谜面虽只五字之文，却饱含了创业者无数艰苦辛劳的汗水，透出了中华民族的自强精神。

千古牵连一笔勾（7画字）乱

吴仁泰/评析

命意积极，视野辽阔。历史旧账，千丝万缕，剪之不断，理之还乱，倘要纠缠，无止无休，智者不为，达者非之。往事如烟，一派迷茫，目光宜远，大局为重，向前看去，大有希望，前嫌尽弃，一笔勾销。

作者制谜，另辟蹊径。"千古牵连"，扣成一"舌"，"舌"之字体，仰视为"千"，俯瞰则"古"，一"千"一"古"，牵连难分。"一笔勾"者，扣之以"乚"，形象逼真，惟妙惟肖。"舌""乚"组合，"乱"字始成。

此谜之巧，端仗"牵连"。"舌"与"千古"，似连似断，明断实连；谜面题旨，亦连亦断，意断文连。前人评诗："弦外之音，实有音在；味外之味，实有味在。"移于此谜，亦无不可。读者诸君，以为如何？

江湖自古多波澜（7画字）肛

王东雄/评析

陆务观尝言："江湖重复风波恶。"辛幼安亦叹："江头未是风波恶，别有人间行路难。"宦海浮沉，江湖险恶，个中滋味，"前人之述备矣"。然诗可言志，谜亦能遣怀。生性豁达的谜家或非简单地借用前人的诗意，而有其切身的体会。情已淋漓，语仍含蓄。

入谜取由底叫入之法。"波澜"企两个"氵"部，加"古"字素，与底字"肛"，可合成"江湖"二字。"肛"者，直肠末端及口儿，即肛门。中医谓之"魄门"。《黄帝内经》："魄门亦为五脏使，水谷不得久藏。"可知此乃人体排浊生新之所在，兼其属臀部，关乎人之座位。若有贪恋者，但生觊觎之心，自是"等闲平地起波澜"。诗无达诂，易无达占，谜亦无达解，品味之余，叹乎绝妙！

墙头马上一丝牵（7画字）纽

王东雄／评析

唐代白居易有诗："墙头马上遥相顾，一见知君即断肠。"诗句后沿用为成语"墙头马上"。元代白朴据此创作了杂剧，描写了李家小姐与裴家公子游园偶遇，互相爱慕，互赠情诗，并相约私奔，在裴家花园匿居七年，终被裴父发现赶出。后几经周折，再得团圆。此剧情节生动感人，也因此传唱至今。

面借爱情故事，如月老做媒，一丝红绳化作爱的纽带，成就一段好的谜缘。入谜"墙头"为"土"，"马上"为"㇆"，合为"丑"，加一"丝"（纟），"纽"字自然显现，不蔓不枝。从成谜的运用看来，一"土"一"丝"，按部就班，四平八稳。其亮点在于"马上"取折"㇆"，不落窠臼，结合别出心裁，出人意料。热播剧《如懿传》把《墙头马上》作为如懿和皇帝的定情戏曲，剧情的跌宕起伏，借戏曲穿插全场，直至剧终，让人无不叹惋。然此折戏曲与此折笔画，牵连之间，由面及底，竟只隔一层薄纱，且全然与爱情无关！"假作真时真亦假，无为有处有还无"，若论化有典为无典，此谜亦可推为典范。

千古牵连一笔勾（7画字）乱

马啸天／评析

谜面有双重意义。俗称人之死亡为"千古"，故可解作生死攸关的牵连问题，完全可一死了之；又解为多少年来受牵扯的冤案，一经昭雪或平反，就全部勾销。这个谜面正好扣合这个"乱"字，因为"乱"字左边是"舌"字，恰是"千古"二字连结，二字共用横竖，岂非牵连在一起。右部的"乚"形也正是"一笔勾"的画形。谜面言浅意深，扣底形象确切。顺手得来，不费工夫，可谓能手！

寸土不丢保村庄（7画字）床

赵首成/评析

题句犹言"寸"字、"土"字如不丢失，当可保持"村庄"之各部笔画完整无缺。盖"村庄"二字，乃由"木""寸""广""土"四部组成；倘若弃其"寸土"，余虽可拼合谜底"床"字，但对"村庄"而言，实难保全也。

本谜假设合理，逻辑严密；出语极壮，气撼山河。答底明确，不容移易，诚所谓"意匠如神变化生，笔端有力任纵横"是也！

寸土不丢保村庄（7画字）床

张礼鹤/评析

保卫乡里，誓不丢失一寸土地。面句豪言壮语，掷地有声。而扣底视之，乃以假设语句，由面述底："床"字可拆为"木广"二部，倘若"寸土"不丢，则其必定是"村庄"二字。"不丢"是假设条件,"保"言结果之肯定。制谜之难,难在拟面。既要通达自然,文采风流,又要扣底妥切,无字抛荒。此二者往往顾此失彼,难以得兼。此谜却是二者兼顾的佳构。面句无斧凿痕迹,看似得来全不费功夫,实则必几经斟酌,费了作者一番心血与时间的。

刹那风中坠几多(8画字)刹

王东雄/评析

唐朝诗人孟浩然一首五言绝句《春晓》,传诵千年,童叟皆知。"夜来风雨声,花落知多少?"梦酣时的风声雨声,梦醒时满地落红,诗人在感叹春光易逝、好景不长的同时,也充分表达了要珍惜美好时光的人生感悟。

成谜取其诗意,自撰成面。"风"之"中"得字素"乂","刹"字去"乂",再多"几",进而得底。此谜妙在衍消得当,巧在增损自然,虽手法简单,却巧设迷障。

猜者见风望几,容易误入歧途,徘徊于两"ㄨ"之间,而不能自拔。《文心雕龙》有云:"谜也者,回互其辞,使昏迷也。"释底后,隐而不晦,猜者当能会心一笑。

勾栏已绝王者香(8画字)构

王东雄/评析

勾栏,原指栏杆,唐代李商隐《倡家诗》有"帘轻幕重金勾栏"句。"倡家"就是擅长歌舞的伎艺人。至宋元时期,勾栏已俨然成为戏曲及其他伎艺的主要演出场所,后用以指妓院。兰花素来被人们作为高洁、典雅的象征,与梅、竹、菊并称"四君子"。汉代蔡邕《琴操·猗兰操》,借孔圣之言,将兰花誉为"王者香",而得历代文人墨客争相传诵。

成谜取增损、借代之法,以"绝"为衍消,以"王者香"代指"兰","勾栏"去"兰",而得"构"。这一优伶展示才艺的高雅场所,几经演变,竟成风月场所。想来以兰花的高风亮节，纵是繁花似锦、争奇斗艳，她自是羞与为伍。当知非勾栏无兰花立足之地，实是兰花不愿同流合污。正所谓"异质忌处群，孤芳难寄林。"(唐·韩愈《孟生诗》)斯谜巧构成趣，堪可为"王者香"立传。

台湾出口蝴蝶画(8画字)泓

赵首成／评析

我国台湾岛盛产以蝴蝶贴为主要图案的工艺品，每年出口量极大。谜以"台"与"湾"作母字，并析之为"厶""口""氵""亦""弓"五部；"出口蝴蝶画"，犹言摒除一"口"字以及一"亦"字——"蝴蝶画"则别义用简笔画蝴蝶之形状，此非"亦"形而何？"台湾"中，拆出"口"及"亦"，所余三部，正是底字"泓"。

台湾出口蝴蝶画（8画字）泓

叶国泉／评析

宝岛台湾气候热湿，雨水充沛，资源丰富，物产繁多。其中也包括各种各样色彩斑斓的蝴蝶。将蝴蝶制成图画出口也成为台湾对外贸易中一种重要的特色行业。然而，外贸归外贸，制谜归制谜，要解读本谜，还得从本谜谜眼"台湾"二字的字形结构特点进行分析。你看："台"字包含有一个"口"；"湾"字中的"亦"自近代起，常常被谜人象形为蝴蝶；面句中的"出……画"，则须别解为：要将有关笔"画"分离"出"去。具体来说，就是要把"台湾"中的"口"与"亦"分出去，从而余下"厶""氵""弓"三部分笔画字素，最后再将这三者有机地组装起来，谜底"泓"也就如同水落石出般地原形毕露了。

本谜虽然只采用减损与象形两种手法，但由于面意通俗，自然顺畅，因而具有很大的迷惑性与隐蔽性。只有对谜面进行认真思考方能揭底。

台湾出口蝴蝶画（8画字）泓

杨耀学／评析

面以事实为本，祖国宝岛台湾，盛产以蝴蝶贴为主要图案的工艺品，每年供出口，数量极多。作者饱含深情，以此事设谜，熔增损、离合、象形诸法于一炉，凝成一字。成谜时按句子原意义节奏分段理解。"台湾"共"厶、口、氵、亦、弓"五个部件；"出"明示"叫出法"；"亦"象形为"蝴蝶画"；除去"口""亦"，则留下"厶""氵""弓"三部分，合而为"泓"字。蝴蝶象形，惟妙惟肖，乃见涉笔成趣；增损字素，条分缕析，有如抽蕉剥笋；离合总括，严谨清晰，底字和盘托出。曾见有人仅以"台湾省"三字为面扣"泓"字，不交代增损部分，怎样"省"，让猜谜者去揣摩、拼凑。而该谜思路清楚，点水不漏，无懈可击。离合有脉络可辨，来去有踪迹可寻。谜作者见多识广，乃知宝岛之事，技法娴熟，才有如此妙造。

仅留残雪压长桥（9画字）侵

莫志刚/评析

注目题面，脚下一条弯弯曲曲的小路贴着堤岸，蜿蜒到远处的长桥。唯许"残雪""长桥"成了感情中的暗线，还留存着友人依稀的足迹，这足迹把地角天涯贯穿在一起。笔墨含蓄，韵味绵长，势必加深了艺术的感染力。然而，在这感人的意境中，却隐藏着一个字谜。

作者精心调理，着句近乎古诗，情融于景如盐溶于水。扣谜更具法度，令吾始料不及。斯作起笔开门见山，一个"仅"化虚为实。词性的活用，展示了气度，拓宽了视野，丰富了内涵，激发了谜味。随之，从"残雪"中觅取"彐"，以"⌒"象形"长桥"。全谜酷似书法中的笔断意连，离情愁绪从"侵"字中娓娓道出。作谜能从人的心绪深处开掘,以近景写远思,以无声胜有声,未蘸浓墨重彩,却能渲染深情厚意,若无"三余"学养,是难以做到的。

远山新月月如钩(9画字)胤

吴仁泰/评析

远山隐约,新月朦胧,夜凉如水,景色幽清。题文为我们勾勒出一幅《清秋月夜图》的画面,读之神为之往。作者制谜,除谜面第五字"月"在底文明企外,其余均从形象描绘取胜。"幺"若叠叠"远山","丿"如弯弯"新月","乚"似帘钩,又像钓钩。三部刻画,无不惟妙惟肖;底面映照,则见亦工亦切。作者善用诗人笔意,谜文富有音韵美、色彩美和意境美,真是诗中有画,画里藏谜,语清如水,意蕴似兰,读后给人以和谐的感受、明快的乐趣。

坦腹东床人小卧（9画字）玲

王东雄／评析

《晋书·王羲之传》有载：太尉郗鉴派门生来见王导，想从王家子弟中选婿。门生回复说："王家子弟个个不错，可一听此事，都显得拘谨不自然，只有一个人坐在东床上，袒腹而食，若无其事。"郗鉴说："这正是我要选的佳婿。"一打听，原来是王羲之，郗鉴就把女儿嫁给了他。这也是流传至今的典故"坦腹东床"。

成谜取借典、离合之法。"坦腹东床"借指王羲之，企"王"；"人"明用，得"令"字上部；而"令"字下部，细辨如"小"字横卧。书圣王羲之虽生性不羁，东床坦腹，但亦能从善如流，尤其在书法方面，他能吸取前人书法精华，独创一家。"我书意造本无法"（苏轼语），其书真的不依法度吗？实则不然，大抵书法家只是不拘点画之酷似，意在标新立异。我观此谜之妙亦在于此。其一，借代合理，取法得当，信手拈来，似全不着力；其二，率性而卧，恰到好处，玩转字形，却独辟蹊径。设若书圣在世，得识此谜，定当引为知音。

湖月渐消一抹斜（9画字）活

莫志刚/评析

眼前"湖月渐消一抹斜"，思妇闺怨之情已极，毫端笔意显得耐人寻味。

谜人择"活"为底，采用增损离合、象形二法。以情书情，谜意从诗文中深化，使月亮的动态变化愈趋应时现实，企盼中的怨恨更为淋漓尽致。"湖月渐消"衰变成"沽"，慢慢地遗留"一抹斜"（丿）。其中"渐"的点缀，无论是从空间还是时间，使演绎中的月亮的内涵更加具体化、形象化了。诚如清人许印芳所说："盖诗文所以足贵者，贵其善写情状。"斯谜在"善写情状"上是具有特色的。

倒挽干戈安一方（9画字）哉

王东雄/评析

"倒挽干戈"，即指临阵投敌，掉转干戈，打自己人。史载最早的"倒戈"应该是"牧野之战"。周武王兵临朝歌，两军未交，纣王的乌合之众便掉转戈头，"为王前驱"。而现代史最有名的"倒戈将军"当属冯玉祥了，观其一生，九次易主，褒贬不一。曾有人将其字"焕章"改为"换章"（换章：打麻将换牌），以讽其过。不过，周恩来总理在悼念他时，曾称"冯玉祥将军为中国民主事业的贡献，将是永垂不朽"，倒也客观。

成谜取离合形扣之法，"哉"字之上，像"干"字颠倒，并与"戈"字重合，"一方"形似"口"，合而得底。早年百川先生便曾以"栽杏未成林"为"哉"设面，简洁明快，增损有度，不失为一则普及谜理的佳制。然则灯谜作为艺术，也需要推陈出新。后来者,亦有不少从"干戈"入手谋制,如"干戈一罢四方安""干戈一息方团聚""干戈一息归京中"等,诸如此类,比比皆是。先生却能出奇制胜,"倒挽"之举,令人耳目一新,叹为观止,得谜此"哉",夫复何言矣!

六桥如画艳阳里(10画字)冥

吴仁泰/评析

杭州西湖有"六桥"[①],为宋时杭州太守苏东坡所建,至元代列入钱塘十景之一,名曰"六桥烟柳",惜此景今已不存。作者以假象描绘风光,用真意刻画字形。"如画"两字奇妙,意寓"⌒"如画中之"桥",形象逼肖;"里"字机巧,表明"艳阳"(日)居于"六""桥"(⌒)之里,处置恰当。表里关映,极见工致。此作将诗、画、谜融合为一,乃从整体见美。轻笔淡墨,描摹精致。

---

① 宋时六桥,其名曰映波、锁澜、望山、压堤、东浦、跨虹。

又有著名谜家坚匏老人以"六桥夕照映秋波"为谜题,猜一"瞑"字者,则以"秋波"扣"目"("秋波"旧喻美人之目,因其目清如秋水),又添一层韵致。其余手法,大体相同。两谜异曲同工,可谓咸臻其美。

一登画舫两窗开(10画字)逦
陈　斌／评析

"辶"象形船,谜人常用。但作者却不满足于现成,而是在继承的基础上加以发展,巧出新招:"辶"连同"丽"字的下半部象形一艘画舫,两窗洞开,甚至连窗中的人影都历历可数,形神兼备,真是一幅绝妙好画。"一登"既可以实用,限位于画舫之上,也可以象形为画舫的顶篷,真是左右逢源,得心应手。象形谜能作到如此地步,可谓无以复加了。

高天霜色对乌号（12画字）弼

陈 斌／评析

读了谜面，自然联想到张继的《枫桥夜泊》："月落乌啼霜满天。"面句或由此化出，也未可知。两相对照，"高天霜色"对应"霜满天"，"对乌号"对应"乌啼"，无不吻合。"对乌号"的"对"，可以理解成"江枫渔火对愁眠"的"面对"，也可理解为一对乌鸦啼鸣的"对"，唯有"月落"没提及。

制谜自有制谜的思路："高天"，"天"字高处，扣"一"，"霜色"扣"白"，两者合成底字中部的"百"。"乌号"可不作乌鸦啼鸣讲了，原来它是古代良弓名。《淮南子·原道训》："射者扞乌号之弓。"又《史记·封禅书》："百姓仰望黄帝既上天，乃抱其弓与胡髯呼号，故后世因其处曰'鼎湖'，其弓曰'乌号'。"谜中即以"乌号"扣"弓"。"对"，在写景中以面对为胜，而成谜只能作"一双"

解。这样，左右开弓，百发百中，"弼"字跃然纸上了。

我欣赏此谜主要有二：其一，它用名诗名句配面，典雅有文采。须知，字谜用成句配面已难，而无闲文剩义者尤难。其二，我特别欣赏"先偷眼"三字，"先"用得通达明确；"偷"运得妙笔传神，"眼"点得惟妙惟肖。如此面底恰切浑成，犹如此诗句早就为"歇"字而作。若非字谜大师，何有此慧心单识、慧眼独见之能？

黄云初起日沉乌（13画字）鹊

吴融杭／评析

杜甫有诗句"空村唯见鸟，落日不逢人"，以其清空淡远的笔意摹画了一幅恬静悠闲的乡村景象。元·白朴也有"孤村落日残霞，轻烟老树寒鸦"的佳句，描写了空阔疏野的意境，读后令人生出几多遐思，几多向往，几多感慨，几多神伤。

读这则字谜，令人生发有如前列诗境的

感悟，一时忘了是一句诗，抑或是一则谜。

就谜而言，作者先以"黄云"二字的笔画先写部分提取"艹"和"一"。故以"初起"指定；"沉"字点定方位，特指在下方，在此说明"日"字写于下；"鸟"鸟属，故谜底中以大概念"鸟"字包容。扣合工整，措辞洗炼。若撇开谜而言，此题面无疑也是一句好诗，好在不假修饰，风韵天成。取境气貌等闲，宛有神助。为谜不可谓不难，为字谜尤难，由至险至难处演绎出这则"词近而意远"的佳作，实谜坛之幸事。

六桥如画隔远芳（13画字）蒡

赵首成／评析

题面"六桥如画"顿读作"六／桥如画"，"六"直用其字形，"桥如画"犹言以象形之笔勾画一座桥，此即"冖"；"隔远芳"，别义指"芳"字上下隔开，使之远离。将"六""冖"两部相叠，并置入上下疏

《黄鹤楼》、王之涣的《登鹳雀楼》、杜甫的《登岳阳楼》，诸多名篇佳作无一不与登楼览胜有关。范仲淹作《岳阳楼记》时虽未亲身登眺，然一想到楼上风光，千古名句便自然从笔底流出。更有甚者，明朝开国皇帝朱元璋欲在南京狮子山上建一座阅江楼，尺木片瓦尚无，便要大臣为这座空中楼阁作文，结果宋濂凭想象写成《阅江楼记》，夺得头名。文以楼名，楼以文传，楼前赋诗，徘徊吟咏，这样的情事在中国历史上比比皆是。

潮州谜人郑百川以"吟哦咏叹此楼前"射"躁"字，出语自然，颇见巧思。此作的谜眼在于一个"前"字，谜面别解，意指"吟哦咏叹此楼"六字最前的偏旁"口口口口止木"，各部组合，即成"躁"字。出手迥异流俗，新颖可喜，虽射"躁"字，非平心静气、反复吟哦咏叹不能得。

趁明携蛊酒，消遣水月中（多笔画繁体字）醖

王东雄/评析

月光洒照，临水把盏，何等惬意！此景此境，不禁使人想起姜白石"酒醒明月下，梦逐潮声去"之意境，继而萌生曹阿瞒"对酒当歌，人生几何"之豪情。面句如诗，虽平铺直叙，却动人心弦。揭其面纱，更能呈现灯谜艺术"欲语还羞"的含蓄之美。

作者运用灯谜常用的增损离合之法而成谜，"消遣"示衍消，"趁""携"为抱衬，"明蛊酒"三字，去"水月中"三字素，则底字清晰可见。醖，"酝"的繁体字，酿酒之义。此作以酒言酒，底面互为表里，成谜如抽丝剥茧，却毫不零乱。酝酿之间，更得通幽之趣；消遣之余，更显炼句之功。"流水今日，明月前身。"（《二十四诗品·洗炼》）全谜酒香沁鼻，怎不令人如饮醇醪，如痴似醉呢！

后 记

"长安文虎社"为了字谜创作的普及与提高,拟编印《百家字谜》,将我列入第一辑十人之中,于感激编者一贯的眷顾之余,甚感有愧。

记得我于黄穆灿先生主编的《中华字谜大全》的序文中说过:"(字谜创作)不人云亦云固难,要求字字出新更属不易……作为一个对字谜创作尚感棘手的灯谜作者,于此,更感要做出好字谜难,要出一本有质量的字谜集更难。"这话,是我从事灯谜创作多年,于字谜创作的由衷之言。

我之制谜,致力于会意加别解,字谜实非所长,是感知"字谜号称万谜之源,字谜创作是灯谜创作中的大项",更认识到"会意参别解,气通神连,是制谜的基本功夫;增损加离合,撰精结巧,是措底的通变手法"。"字谜"是一个制谜人不可偏废的,所以勉力而为,有时还是因了谜场悬猜的气氛而应景制作，拼拆难免落套，唯从面句之结撰，或叙事，或抒情，或写景，要有画面感，尽量使之意境优美，至于难易，非所计也。

现将我与柯国臻先生、汪寿林先生等字谜大师同列，当之有愧，因是，聊缀数言，以作后话。

郑百川
2018年

离后的"芳"字中,即合成谜底"蒡"字。

此为作者精心构思、涉笔成趣之作。"增损字素,条分缕析,有如抽蕉剥笋;离合总括,严谨清晰,底字和盘托出。"(借用山西谜家杨耀学语)综观全谜,撰面意境优雅,如诗如画,扣合圆融,修月无痕,堪称字谜佳作。

石田叠叠水沿回(13画字)痼

王幼堂/评析

"石田叠叠"如山间梯田,用石砌成阶梯之状,"水沿回",灌溉所至,田园之乐也。

斯谜由"石、田、氵"三部分构成。"石田叠叠",是说"石""田"构成"厂固"为重叠之状,"石"字中有"田"字,"田"字中有"石"字;"水沿回",是"氵"沿回其外之貌。"石田"二字合在一起而不显山露水,嵌镶之功也,"水沿回"之象形,字形处理恰到好处,诚大家手笔。

霜禽欲下先偷眼（14画字）欨

蔡经湘/评析

面句是宋·林逋《山园小梅》七律腹联之上句。这首被誉为"咏梅绝唱"的律诗，作者以轻巧细腻的笔法、清新淡雅的色彩，形象地画出一幅疏落俏丽的梅花图。"霜禽欲下先偷眼"则描写冬鸟欲停下栖息，都会情不自禁地偷看一眼这寒梅冷艳的丰姿。

此句为"欨"字配面，弄思纤巧、自然成趣。"霜禽"，冬天之"鸟"；"欲下"，则指"欲"字后边之"欠"（辞典中"下"的字义注释有"次序、时间靠后"之义）；"先偷眼"则谓偷去"鳥"（鸟）字的眼睛，即其中的一点，成为"烏"（乌）字。"烏"与"欠"恰切组成"欨"。此谜运用会意、拆字、减形三法，干净利落，一气呵成，入情入理，轻灵洒脱。

方知不负袁随园（多笔画字）整

杨耀学/评析

本谜面意很深也很雅。清代大才子、文学家袁枚，晚号随园主人，随园也是他的居住地，故人们常用"袁随园"指代袁枚。不负，不辜负；方知，现在才知道。此种解释，义理自明，为谜内外人士所肯定。

然而，谜心通幽，另出机杼，谜人以其慧眼慧心，雕出艺术精品。"方"取象形为"口"，不负为"正"，袁随园即袁枚，"枚、口、正"合而为"整"。

本谜一是布局好，二是技法好，三是意境好。手法多样，匠心堪佩。

布局上出人意料。在一般人看来，"整"可分"束、攵、正"三部，而作者巧妙地析出了"枚"，这是本谜创作的关键，也是一条新径。看来，对字形作仔细多角度观察，作出别人不曾有过的另类组装，是成谜先决条件。

扣法上三部分各有千秋。"口"为象形得到;"正"是从字义上反扣踏实;"枚"则是引进具体的人,名人有名有表字有自号,可以互扣。熔三法于一炉,多彩多姿。对于"正"字,按套路可编句"正在""正遇"之类;"不负"之用,一新耳目。

按底述面通畅可解("方"形可知,负的反面,袁随园的大名之合),而面意本身,也经得起推敲。对于受教、得惠于袁枚者,或者袁枚的学子、后人,以先贤为镜子,以高雅言行不辜负这位名人,是一种心仪,袁枚也当得起这份尊崇。而"方知",则增加一层曲折,某人行为,过去理解不深,今天才领悟到,是为了对得起袁枚(才这样做的),这是文人心迹,自是意味深长。

吟哦咏叹此楼前(多笔画字)躁

沈玉泉/评析

登楼远眺,赋诗作文,这是中国文人传沿已久的习惯。王勃的《滕王阁序》、崔颢的